Sigrid Bernstein
auf antiken bühnen

Sigrid Bernstein

auf antiken bühnen

Ein Traumbuch

Venner Verlag

Die Handlung dieses Romans sowie die darin vorkommenden Personen sind frei erfunden; eventuelle Ähnlichkeiten mit realen Begebenheiten und tatsächlich lebenden oder bereits verstorbenen Personen wären rein zufällig.

Bildnachweis:
Titelbild, Foto der Buchrückseite und
Zeichnungen: Sigrid Bernstein

Venne 5, D-48308 Senden

Printed in Germany

ISBN 978-3-935411-23-3

Vorwort

Nachrichten aus dem ICH.
Träume können helfen, den eigenen Weg zu finden.

<Träume sind Findungen>, nach Ginka Steinwachs,
<Mythologie des Surrealismus>
Stromfeld Roter Stern.

<Die Erinnerungszellen im Gehirn öffnen sich in Träumen>, nach Siegmund Freud,
<Psychologie des Unbewußten>, suhrkamp.

<Sie sind Darstellungsmittel des Unbewußten> nach Siegmund Freud
<Traumdeutung>, Suhrkamp.

was mir bei sigrid schultz-bernstein
alias „top secret“ gefällt, das sind ihre
geradlinigen krümmungen.
sie geht so geradlinig auf die sache los
(inklusive personen und umstände),
dass diese sich vor ihr krümmen.

Ginka Steinwachs

Traum

spaziergang mit Ginka im wald, glück, schwarzer pudel, dann eine einrichtung antik, schlamm, es hatte geregnet. Ginka sagt: liebe Sigrid, ich dachte, du würdest hochspringen vor freude, N sagt, nein, zu dunkel.

Traum

in einem überwachten gelände zu
einem typ gehalten, der nach Öl, Dreck
und Alkohol stank.
haut ab.
da kam ein hund, schnappte das
schloß, und brachte es dem besitzer.
das schloß war aufgebrochen, damit N
in einem überwachten raum schlafen
konnte.
dann in das gelände, der wächter hat
nichts gemerkt.
hinterher sagt eine frau: haut ab, dann
mit dem typ in den wald.

Traum

Felix und Brunhild, schlammfiguren,
was ist passiert? allmählich löst sich
das gesicht von B heraus. haben sie
sich verbündet?
schlammschlacht? verstecken? nach
hause, da kommen sie, die verfolgen?

Traum

ils macht ein fest für kinder in der großen wohnung, N sorgt dafür, daß 12.00 schluß ist.
der nachbar macht ein größeres fest und übertrumpft ils, einen film.
geheule, gejohle, stöhnen, viele menschen, außenseiter, bettler, künstliche bäume, die eingekerbt waren, aus pappe, gefalteter, weißer karton eine ganze allee, und wer alles reinkam, kinder, lauter jungs, ein geschminkter, der N nach dem weg fragte.
gruppen können fliegen.

Traum

einen buddhistischen berg bestiegen,

buddhistische tagungen gemacht, frauentagungen, ein flacher berg mit stufen, langsam zu besteigen, und auf der anderen seite runter.

Traum angstlosigkeit

völlige angstlosigkeit,
auf dem rücken gestanden bei Halver,
S steht auf dem wasser, F wollte, daß
Nella da arbeitet.
Nella wollte das nicht, schlank, dünn,
satu getroffen, zu satu.
sie wohnte am ufer.
satu besucht.
in aller ruhe, in ruhe,
zuerst schwer, dann leicht.
N hat gesagt: das ist es, zu satu.

Traum Enteignung

ein fernseher hat an eine kostbare standuhr gestoßen, die standuhr ging in tausend stücke.
jeder wußte, daß Nella sich mit dieser standuhr viel mühe gegeben hatte, z. B. an den füßen.
dann gab es eine neue kostbare standuhr.
leute trugen sachen aus dem haus.
N hielt F die augen zu, weil kunstwerke rausgetragen wurden, holzgeschnitze sachen.
N hat alles.
die nächste uhr ist noch kostbarer.
holz, die holzteller waren so geschnitzt, wie ein brotteller mit der aufschrift: brot für alle hat die erde.

die neue uhr war prächtiger, ein breites band mit gold und edelsteinen in verschiedenen pastellfarben, türkis, rosa, hellblau.

Traum

so, wie wir sie kennen, so kaufen sie.
N hat ein schwarzes kleid gekauft mit
weißem futter.
ein wettbewerb in der schule, das kleid
hatte einen weiten rock, tailliert. wenn N
den rock hochnimmt, weiß, eine andere
hatte ein rotes seidenkleid mit
schwarzen punkten und spielte einen
vamp, ein glänzender stoff.
eine dritte spielte einen lehrer, wie von
wilhelm busch.
dann im laub gesessen, wie vor der
prämierung, nach der probe und
anprobe, N hat die schultasche.

Traum

kleidergeflitter, geflirre, schwarz weiß,
schütteln, sich frei schütteln, nein
gesagt zum pöbel, nein,
schauspielerinnen schütteln den pöbel
ab.

Traum

im botanischen garten, das war ein park, N konnte den ausgang nicht finden, eine frau, die schmetterlinge, raupen, und libellen kannte, grüne, ein häuschen für versteckte tiere, buchenwald, felsenwege, steile wege, ein tier, das flog, wie eine libelle, mit blau-rotem vorderteil, wie ein fisch an einer quelle, wie ein tintenfisch mit kleinen flügeln, die frau konnte es

bestimmen,  ,

einseitiges gespräch über die natur, einsamkeit.

Traum

ein schwarzer rabe ist ein weißer rabe,
alles schwarze sind kleider und jacken.
für N ein kleid schwarz changiert, wie
seide, hochgeschlossen, mit
goldschmuck, ärmel, wie bei geishas,
sie sollte für eine party was
interessantes bringen und gleich die
neuen schuhe anziehen, goldene
sicherheitsnadel.

Traum

mittelalterlicher umzug mit gespräch.
kleine, gedrungene gestalten,
hauptsächlich männer vor einer kirche.
gespräche über einen stifter.
dann in einen wald, 1000jährige bäume
mit weißem stamm, dahinten wohnt die
hexe mallebabbe, aber sie kann auch
heilen.
und daß er eine nonne geheiratet hat,
N meint, hier fehlt ein narr.

Traum

gewatiges fest auf antiken bühnen mit
schauspielern, die bühnen aus
pappmaché, aber N will wieder die
eigenen wege gehen.
brettergerüste, kann man drauf gehen?
gerutscht, getanzt, gelaufen.
viele meinten, sie hätten N vieles
beigebracht, getanzt, das wußte N
auch.
was wollten sie von ihr?
spielen, schwitzen, braune gesichter,
begeisterung, musik.
zum schluß will N aus der theaterbühne
raus, aus pappmaché, da sind straßen
und häuser, zum ausgang laufen,
tempelreste, pastellfarben, tore, runde
tore, oder war es styropor?
ganz leicht und hart.

es zeigte sich ein riß in der kulissenwand, N ist mit dreien ganz nah am tor.

Traum

in eleganten, weichen stoffen bewegen,
durchsichtig, weiß, rot,
N: bin ich ein vamp? ja.
schwarzer mantel und roter pelz.
pelzjacke, mütze, wehende röcke, N
geht, wie ein mannequin, die kleider
hingen über stangen zum ausprobieren.

Traum

ein lustiger sciencefictionfilm. ein militär
kommt auf eine insel und verliebt sich
in N.
50er jahre, innenrolle, blond.
er geht in die kaserne mit N.
dann kommt eine andere frau dazu.
N verbündet sich mit der frau, durch list
mit einem staubsauger, der mann
leidet, lachen.
N genießt den schutz, der sergeant war
sehr groß.
N sah aus, wie top secret, popfilm, wie
eine geschichte mit sprechblasen,
etwas übertrieben, man mußte lachen,
zum schluß war es ein lachen zu dritt.
N war blond, die andere schwarz.
kitschig und witzig.
warum hat der colonel geweint?

er war einsam zwischen den beiden frauen.
er hatte sie vorher in einer besenkammer versteckt. N sollte das nicht merken.
N hat sie dann aus der besenkammer rausgeholt.

Traum

kempowskifest, zum schluß tanzen zu
<ein tantchen hieß denise>.
am feldrand mit gräsern.
er hat gesagt: ich habe kein land und
keinen ganter.
N hat gefragt: wieso ganter?
rückmeldung:
großer schwarzer ganter.
ein großes feld.
er deklamierte melancholisch und
lustig.
die leute lachten.
davor wurde N zitiert von einer frau,
<sie lacht immer wieder über sich
selbst>.
sonne, die leute haben gelacht.
er hatte einen rolligen hund.
N hat von sich erzählt.

Traum

2 frauen schwimmen.
eine ausstellung.
die frauen haben prachtvolle gewänder,
wie patchwork, verschieden gemustert.

die ausstellung waren übergroße bilder
auf einer wiese in einem park.
auf der ausstellung lief die füllige frau
auf ein bild zu, das fand sie toll. N hatte
das zuerst nicht gesehen, ein kleines
dreieck, das bild war groß, ein dicker
mann und ein junge aus 1000

einzelheiten auf gelb, puzzle.
eine frau war füllig, blond und hatte
große blumen auf dem kleid, oder
kreise, ausgefüllt mit rot. die anderen
schlanker in amerika. sie lachten und
schwammen dann mit badeanzügen ins
meer, das meer war bis vor das haus.
bunte kleidung, mode, die badeanzüge
passten sich den körpern an.
gespräch beim schwimmen.
das wasser warm.
die badeanzüge senkten sich auf die
Körper, wie ein cabriodach sich senkt.

Traum

lesbisch, ein theater.
eine sagt, ich werde 50.
N sagt, ich werde 80.
tanzen, schweben, lieben.
die männliche fragt:
was ist der unterschied zwischen liebe spielen und liebe machen?
die 50jährige ging durch eine wandtür und machte sich unsichtbar.
als N sagte: ich werde 80, kam sie wieder raus.
N war auch so eine kleine dünne, schwarze, es waren schauspieler, sie sollten dann liebe spielen. die andern hatten sich schnell gefunden und meinten irgendwas. zuerst war N allein, dann hat sie eine frau angesprochen.

Traum

neue lehrerin, körperbewußt.
5 mädchen, „Maria“ getanzt.
E. war dabei.
im buch eine landschaft mit musik.
ähnlich wie smetana, moldau.
die lehrerin hatte sich vorher in der
klasse vorgestellt.
dann kam N.
zuerst der tanz.
der „Mariatanz“ war ein befreiungstanz
von der Maria, die reine macht, dann
eine landschaft, ein fluß, mit cd-musik.
N hatte gedacht: Ave Maria, aber ne.
5 stühle.

Traum

N hatte ein Mädchen und Ginka wollte
sie beschäftigen.
dann am strand.
Ginka hatte ein Stück Strand gekauft.
lava und steinig.
sie hatte einen ballon, der hochging
und an den man sich hängte.
das mädchen hängte sich an den
ballon, ließ sich hochtragen, und fiel
dann ins wasser.
ginkas wohnung war bunt.

Traum

ein altes schloß wird verwaltet von
maschinen.
der held und seine begleiterin wollen
das geheimnis ergründen, gibt jedem
einen duplo, da gehen sie ihre wege.
eine tür steht offen, der held stürmt
dahin, da geht die tür wieder zu.
der held muß einen umweg machen um
das ganze schloß, um zu diesem raum
zu kommen.
langer gang, dunkel, dann eine traurige
stimme in fremder sprache.
bediente.
der hausmeister im burghof mit gefährt.
gral vielleicht.
ein gralhüter.

Traum

konfliktfreie welt aus plastik in einem
atomwerk.
einer will raus und hat keine bücher,
nur bewegung.
lauter bunte leute aus plastik.
es gab einen weg hoch, und ein mann
wollte wieder runter.
es wurde gelaufen, fitnestraining.
gemacht, hauptsächlich frauen, oder
war es in einer rakete?
um einen planeten zu bevölkern?
Zuerst mit J, die rakete schnellte zuerst
voran, dann schwebte sie in aller stille.

Traum

liebe mit B und vorbereitung einer
party.
ganz sanft.
im schwarzen herrenmantel, gehüllt,
eine geige aus bernstein, oder in
bernstein, geschwärzt, gekriegt als
anhänger.
auf dem rasen.

Traum

in eine schöne drogerie zum
gesichtswasser kauf geht es mit
fahrstuhl. ein großer runder fahrstuhl. N
findet den Knopf nicht, aber eine dame.
da geht er nach oben in einen anderen
fahrstuhl, der war noch größer.
und von da aus ging es in einen park
mit bäumen und gewächsen und
halbbeleuchtetem gemäuer.
eine frauenstimme sagte: wenn sie den
rückweg nicht finden, sind sie verloren.
die gruppe lachte.
auf dem weg zum wald lauter knöpfe,
es waren pilze, wie ostereier suchen.

Traum

N malt „Disko“, dunkelblau, schwarz,
gelb, rot.
S plant sie mit ein, querformatig, akryl
und ‚morgenstunde‘ hellblau, zartes
gelb.
N hat noch eine idee für ‚hurrikan‘, gelb,
grün, schwarze striche.

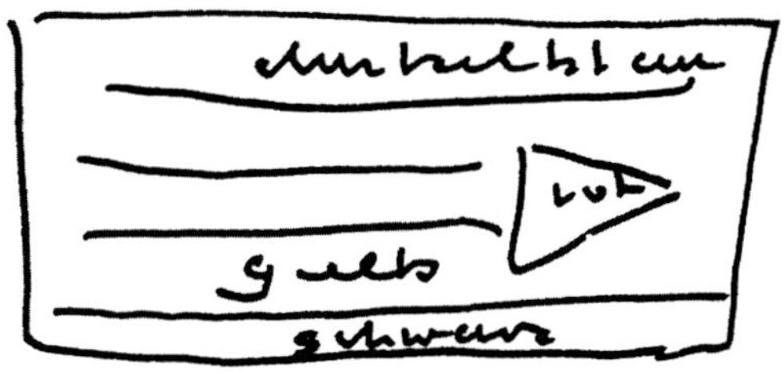

Traum

eine performance mit schwatzen und
singen.
zuerst eine kerze zu dritt, über die
bühne, falsch gesungen.
dann beschwerte sich eine frau aus
dem publikum, dann melodisch
gesungen im dreiklang <ruht wohl>
aus der Johannespassion.
gegen die mißtöne gesungen und
geschwätzt.
dann wirft N das blaue gewand ab und
ist nackend.
freunde und freunde wollten was
inszenieren und andere aus der
frauenszene.

Traum

ausstellung mit bildern und wechselnde
farben und schweben.
und schweben mit Ginka und S.
Weigel.
ein steiler zahn auf einem sockel.

gestreift, blau, türkis,
und von Ginka eine perle.

Traum

am strand der nordsee.
und dann verlaufen.
in einen finsteren wald mit einem loch.
dann zu einer frau, die sich nicht
orientieren konnte.
was ist orientierung?
N hat gezeigt, was ihre orientierung ist,
z. B. auf einem plateau, oder die
richtung, die ziele.
dann zurück an die nordsee, das loch
war inzwischen eine kuhle geworden, in
der kinder spielten, der wald war nicht
mehr dicht, sondern licht.
dann an die see.
da waren menschen, ein schlauchboot
aufgeblasen, aber dann zeigte sich ein
weg zurück an den belebten strand.
das haben wohl die elfen gemacht.

Traum

schöne landschaft.
dann wollte N mit einer gruppe ein
AKW besichtigen, verseuchte erde,
gülle, es gab eine stadt am AKW,
mahagonni, N hat gesagt: diefrau,
diestadt. es gab keine vorträge mehr im
AKW.
es gab keine stadt mehr.
die stadt war verfallen.
aus der ferne angeguckt.
zuerst auf eine tagung auf dem lande
mit jemand mit, der hat jemand
abgesetzt und ist dann in ein
eleganteres auto umgestiegen. dann in
richtung eines dorfes, von dem aus
man das AKW und die verfallene stadt
beobachten konnte, die stadt
mahagonni sollte umgebracht werden.

Traum

in einem museum spielt die Dame eine Dame nach, die mal die frau eines herzogs war, er sehr groß und aus bronze, sie klein und unterwürfig.
N fragt: warum?
zuerst ist sie eine natürliche frau, die in verkleidung eine rolle spielt, und als N sie erkannte und mit ihr reden wollte, flieht sie und kommt tief verschleiert wieder, immer im einverständnis mit dem leiter des museums.
dann eine statue, großer mann und kleine frau.
sie war so klein, sie stieß mit ihrem hut an sein knie, er aus bronze, sie aus zement.

Traum

gespräch über kreativität.
es war so eine art politische sitzung.
es wurde gefragt, was kreativität ist.
N hat gesagt, das ist was, was lebendig
wird, was sich entwickelt, entfaltet.
also keine einseitige information, sagte
eine frau.
oder frauengruppe aufbauen mit b, c.

Traum

bei M V in der dachwohnung.
N hatte den termin zum
Geigenunterricht vergessen.
mit klassenkameraden ihn besucht.
er wollte aber was anderes.
M V und Kempowski waren 1 person.
ein alter mann, bei dem N
geigenunterricht nahm, und den termin
vergessen hatte.
N hat ihn mit anderen besucht.
bevor er sich verliebt, wollte N schnell
wieder weg.
M V hatte ein atelier und eine werkstatt
mit vielen borden und werkzeugen.
er war hochmusikalisch und fragte nach
dem geigenunterricht. N hat erzählt,
daß sie als kind geige gespielt hat.

Traum

dreharbeiten im wald.
Kempowski war ein maler.
musik, gitarre, gezupft, 4/4, oder 8/8
takt, moll, immer derselbe ton, geige,
wie bela bartok, klagt.
Kempowski saß auf einem stuhl, der
malerkittel, über der lehne.

Traum

N zeigt Bilder.
wir wollen eine neue zeit.
gelb, wagner, goethe, glück.
3 große sonnen, große bilder, öl, oder akryl.
N hatte die bilder gemalt.
auch dunklere farben.
die lehrerin beurteilte das zum schluß gelb.

Traum

rußland.
eine sängerin persifliert eine hausfrau,
die einen braten macht.
ein bus geht nach berlin.
es ist eine oper, leben, wie in bayern.
N klatscht.
weiter himmel, ein flugzeug, wo fährt
der bus nach berlin?
weite flächen, ihr habt einen weiten
himmel.
die oper war draußen.
die sängerin auf einem weiten feld.
in kleinen hütten.

Traum

eine politische veranstaltung in einem
großen raum.
N hat interessante gespräche mit
frauen und männern.
sie bewundert die architektur.
dann gehen alle.
und der raum verwandelt sich in eine
fabrikhalle.
die türen gehen automatisch zu.
ein herr steht da noch.
wie können Sie mir helfen, holen Sie
den hausmeister.
er holt den hausmeister.
die türen sind auf.
eine tribüne, und treppen führen dahin.

Traum

zwiegespräche, zuerst theater.
mitgemacht.
worte werden zu bildern, pastellfarben,
grün, türkis – zum lachen.
lidl als drache mit langem hals
hochgestylt, grün.
gelb, grün, türkis.

Traum

botanischer garten erweitert.
einen führer gefunden.
riesenbäume, ein baum war so groß,
daß man nicht wußte, wo der anfang
und das ende waren.
er bestand nur aus dem stamm.
ein finsterer wald, lange wege im wald,
ausblick auf eine flache landschaft.
häuser, die grau waren, wie ruinen,
schienen unbewohnt.
die führer kannten den weg.

Traum

im grünen baden, eine mauer
überwinden.
N ist mit einer lehrerin durchs grün
gegangen.
es war hochstehendes gras, und
gesagt: im grünen baden.
dann hat N eine hohe mauer oder wand
erklommen und überstiegen.

Traum

griechenland an der elbe.
über die alte, strenge kirche zum
blankeneser bahnhof.
gnus und tiger hellgrau, schwäne mit
jungen.
die tiere tun sich nichts.
strände und parks der reichen.
kinder spielen mit schlangen und
kleinen drachen.
alte, stolze kirche mit ausgetretenen
stufen.
frauen, zeltplatz.
vor der alten, stolzen, griechischen
kirche war ein wald mit überhang.
oben an einer stelle ging es runter zu
den kindern.
die paradiese und parks waren von
wasser umflossen.

die freundin, die N auf dem zeltplatz
verloren hatte, wiedergefunden.
die kleinen drachen konnten
schwimmen.
dann an der kirche vorbei zum
blankeneser bahnhof.
kraxeln.

Traum

diskussion von schwarz weiß mit bild.
die schwarzen wollen ihr Recht und
recht haben.
N hat vorgeschlagen, daraus ein spiel
zu machen mit Bild.
auf dem Bild ist oben schwarz und
unten weiß.

Traum

man stieg auf den kutschbock der
barke,
braunes holz, schwarz umrandet,
die zusammengenommenen segel
flatterten.
glück.
ein dichterwettbewerb.

Traum

ein friedliches, wildes volk wird von
einem anderen wilden volk in ruhe
gelassen.
es war im wald.
die eine gruppe stand auf,
als die andere gruppe kam.
dann gingen die anderen an ihnen
vorbei und weg.
N baut einen bungalow aus
holzspänen, ineinandergeflochten,
rund.

Traum

eine landschaft verändert sich in einen
palast und wieder zurück in einer nacht.
schweben, musik, alle in weiß.
ein schöner, muskulöser mann,
vielleicht Laokoon.
zum schluß wieder an die elbe, das
grüne, die schiffe, kommentiert von
männerstimmen, künstler.
im palast wurden aus den falten der
neuen tapete allegorische figuren.
es roch nach renovierung.
ein großer schloßsaal.
die allegorischen figuren wurden
lebendig und tanzten und schwebten.
1 biblische geschichte an der wand.

Traum

tanz und theater mit puppen.
entspannungsübungen mit lachen.
zuerst ein menschenaffe, ein automat,
der die starken männer bewegte.
der große, dicke automatmenschenaffe
trug auch männer, starke männer.
auch männer, die das nicht wollten.
die automaten, mit denen N
entspannungsübungen machte, waren
frauen in grau, wie knetmasse.
gelacht.
der affe hatte als maul eine klappe.
wenn er sprach, ging die klappe runter.

Traum

performance mit studenten.
der titel: „Auf ein Wort“.
jeder hatte etwas dazu zu sagen oder
zu spielen.
behäbig, männlich, oder anders.
schräge musik.
<Auf ein Wort> mit immer neuen
männlich betulichen gesten.
N hat gelacht.
die frauen waren machlos und standen
kopf und sangen schrill.
andere machen ihre performance.
N hat teilweise mitgespielt.

Traum

bettina und gethe.
bettina hat einen pecheimer
hochgehoben, mit dem die anderen
spielen.
sie besudelt ihr kleid.
dann verwandelt sich das kleid in eine
abziehbare haut.
sie ging dann zu goethe.
er wollte sie bei sich behalten.
er klopfte stark an das fenster der
anderen, um bettina zu behalten, aber
die anderen hatten bettina auf.
ein schiff gebracht, das ablegte.
goethe hinterher.
aber er erreicht es nicht mehr.
goethe, ein alter mann, kräftig, groß.

Traum

mit kindern gespielt in einer fabrikhalle.
N sagt zu den Arbeitern: ich komme
mit, wenn Sie rausgehen.
die kinder haben aufgeräumt.
kommst du morgen wieder? fragten sie
N.
sie weiß noch nicht.
dann war da eine böse mutti, die ihr
kind abholte.
N wollte die letzten Nägel in kartons
tun.
dann können Sie den fernseher ja auch
in kartons packen, sagt die mutti.
ein kleiner junge schmierte alles voll mit
dunkelblauer kreide.
N auch.
N hatte keine zeit, das
wegzuschrubben.

dann kam seine mutter.
den arbeitern machte das nichts.
N wollte erzählen, sie hätte zu hause
auch kartons.
dann ging sie weg.

Traum

mit der königlichen familie in england
getroffen.
ein leichtes kleid, hell, mit blümchen,
an.
gespräch mit der königin über den
mond, ob da schon menschen wohnen.
die deutschen wurden nicht ganz ernst
genommen.
bayern.
die königin war jünger, es war eine art
sommerparty.
N meinte, es lebten schon menschen
auf dem mond. die königin lächelte
nachsichtig.
N meinte, das wäre ihre phantasie.
konventionell, oberflächlich, es wurde
nur über allgemeines gesprochen.

N konnte sich auf dem parkett
bewegen.
leichtes kleid zum reinschlüpfen und
überwerfen.

Traum

szene in co mit einer moschee.
es war alles übertrieben.
H mit perrücke.
sie hatte eine skulptur gemacht und
wurde gefeiert.
eine psychologin wollte mit ihrer tochter
schlafen.
am elbstrand buchten für die
liebespaare.
N wollte nach hause.
szenesprache, untergrundsprache.
N hat gesagt: die moschee paßt gut
dazu.
es war in co.

Traum

blaugrünes kleid anprobiert.
eine party.
wolle, hochgeschlossen, tailliert.
N hatte den kleiderschrank voller
kleider.
zu diesem kleid gehörte eine jacke.
ein anderes mit jacke war rot.
ein schwarzes, leichtes kleid mit spitze.
passende schuhe.
N hatte wenig zeit.
die kleider waren leicht.
N hatte eine gute figur.

Traum

zirkus mit schweben.
J hatte ausgeschlossen, N hat
integriert.
einer springt über N.
bock springen, wenn der nächste witz
kommt.
es ging um sprachwitze, lachen,
klatschen.
N hat auf den impuls gehört, um schnell
zu antworten.
in einem raum auf der bühne.
engländer, gespräch.
N hatte dem <Wenn der nächste Witz
kommt> eine andere Melodie gegeben,
nach <Wenn der weiße Flieder>
gesungen.
es ging um schnelligkeit.
N war schneller als J.

N hat die melodie <Wenn der weiße Flieder> gesungen: <wenn der nächste witz kommt>.
zwischengemischt.

Traum

ein hoher würdenträger geht langsam
auf N zu.
würdevoll setzt er sich neben N.
N sitzt auf einer langen bank.
neben ihr V und L.
er wäre der seelsorger von H gewesen,
er mag ihn sogar.
N auch.
N schlägt ihm mit einer bürste gegen
die beine.
er hüpft.
es sah aus, als ob eine
gerichtsverhandlung vorbereitet werden
sollte.
ein dunkler typ.
soutane.
die soutane flattert bei jedem sprung.

Traum

eine frau wird bedroht, sie sollte den
mund halten.
das wollte sie aber nicht.
mund aufmachen ist doch so schön.
N hat mit ihr gesungen:
<der mund ist aufgegangen>, oder das
gedicht aufgesagt.
das gedicht ist von ginka.

Traum

in den armen eines clowns auf stelzen
getanzt.
die stelzen waren aus plastik, die auch
leicht wackeln.

Traum

in ägypten.
im palast des pharao.
2 männer wollen was von N.
dann hat ein anderer mann dafür
gesorgt, daß N zu einer dame gehörte.
hohe säulen.
schöne farben, hellblau.
die dame ging sehr schnell und war
energisch.
große nase.

Traum

velazquez, die kleinen hoffräulein als
ballett.
es waren 8jährige mädchen.
in rockockogewändern.
Ns begleiter hatte nicht viel interesse.
er wollte sich einer gruppe anschließen,
um den ausgang zu finden.
mit reifrock, starken hüften.
leichte kleider, hellblau, blond.
wippende röcke.

Traum

N am Meer.
einen guten platz gesucht zum lesen.
eine aggressive schwarze.
physiotherapeutin will N vorschreiben,
wie sie mit ihren kontakten umgehen
soll.
sie soll nichts von ihnen wollen oder
elbufer mit blick auf eine schöne
Landschaft gegenüber.

Traum

brutales amerika.
ein riesengroßer tank mit öl wollte
abfahren auf einer großen fläche mit
viel getöse.
eine frau saß neben dem steuer, die
sehr gut aussah und viel energie hatte.
ein hund und ein mann standen vor
dem laster.
sie wollten zeigen, wie hart sie sind.
der hund war angebrannt von feuer.
die frau neben dem steuer auch.
das feuer hatte ihnen nichts
ausgemacht.
ein truck oder ähnliches fahrzeug.
der hund struppig, rötlich.
der hund und der mann waren stolz
darauf, daß sie so widerstandsfähig
waren.

der hund sah aus, wie ein schnauzer
oder mischling.

Traum

50er jahre. auf kleinen schellackplatten
kleine geschichten mit musik.
zeichentrick.
zum beispiel:
der notarzt und die übermenschen.
verwöhnte kinder.
kleine schlager:
ich möchte ...
comic.
entsetzte mütter.
notarzt und notärztin umarmen sich.
sie haben ihr gesundes fressen
gefunden.

Traum

gott erklären.
einer hat gesagt: gott ist größer als die
ddr.
N hat gesagt: ja, aber das muß erklärt
werden.
dann hat jeder dazu beigetragen.
ein frauenchor hat gesungen.
ein loblied, vielstimmig.
dann begegnungen, bewegung, alle
nackt.
N ist am rand entlang gegangen.
es war ein kreis.
und hat wärme aufgenommen.
wo sind die klamotten?
da hinten.

Traum

N hat einen schatz und kommt nicht
aus der kirche raus.
treffen mit der katholischen kirche.
eine bischofsweihe.
die leute kennen sie alle.
sie kann sich ausweisen.
schließlich läßt einer sie raus.
sie gehört dazu, ach ja.
von einer veranstaltung zur anderen.
sogar im fahrstuhl übertragung der
predigt.
einer von denen, die sie kannten, war
ein lehrer.
N mit einem sack voll geld hinterher,
sie hatte das ausgegraben und wollte
es zur bank bringen und anlegen.
der sack war schwer.

sie wurde durch einen seiteneingang
rausgelassen.
unwegbares gelände, gras, bretter.

Traum

Tagung mit Künstlern.
eine frau hat unglaublich interessant
gesungen.
in sequenzen und halbtönen.
gespräch mit einem mann.
<selber machen>, hat N gesagt.
satu: jeder muß seinen dreck selber
machen.
N erzählt von den büchern.

Traum

zwischen reichen im hotel.
J verschuldet.
N ist beeindruckt von einem mann mit
manieren.
es war in einem hotel.
es waren sehr reiche leute.
sie wollten J aufnehmen.
das waren leute, da wurde nicht über
geld gesprochen.
wie im logenhaus.

Traum

unterhaltung mit kirchenmännern.
ganz nett.
das buch nicht gefunden.
N hat mit ihnen geflirtet.
sie wäre die hexe malle bahhu.
ob sie das verstanden haben?
dann wollte sie ihnen das buch II
zeigen.
und konnte es nicht finden.

Traum

langes gespräch mit kempowski.
über gemeinsame erlebnisse.
nähe.
er hatte jetzt eine wohnung.
über die haushälterin, die bilder der
familie, die tochter, die strickte.
er hatte einen sohn, der ihn sehr liebte.
er hat ihm was technisches geschickt.
er mußte durch eine andere wohnung,
die er mit <bürgerlich> kritisierte.
eine andere frau wollte ihm helfen, ihm
was aus der hand nehmen.
da wollte er ihr ans geschirr.
er fand die bilder und zeichen zu
bürgerlich.

Traum

eine oper im weimarer schloßpark.
ein typ mit vielen liebesbeziehungen,
gemalt und gesungen.
türkis, rosa, rot, jeder ton ein farbton.
drei klänge, verschiedene farben.
lila.
der pinsel macht weiße spuren.
dann den pinsel weggelegt.
ein ton, wie ein sexueller raum.
ein pferd ist lieber mit dem reiter.
das pferd streichelt den reiter mit dem
bauch.
das pferd setzte den reiter sanft auf den
boden.
der reiter glitt über die kruppe, über den
hals über kopf auf den boden.
N hat gerufen: hier ist der Weimarer
Park.

pferde und hunde.

Traum

ein fest mit schwarzen gegen den krieg.
N sagt, dürfen wir fröhlich sein?
bunt.
gegen alles bla, bla.

Traum

N malt eine hexe.
negroid mit großen ohrringen.
E malt gelb.

sie malt gelb, da verändert sich das bild.
N ist nicht zufrieden.
das bild blau, dann gelb mit ausstrahlung.
kein gesicht mehr, nur noch strahlen
und die haben ausgestrahlt.
nur licht.

Traum

ein sehr elegantes treffen mit frauen in
der kirche mit Ginka.
Ginka mußte lachen.
die haare glitzerten.
N umarmte sie.
die Damen schwatzten weiter.
die pastorin und N gemahnten sie zur
ruhe.
Ginka hatte einen text.
dann kam ein mann, der pastor.

Traum

im alten gemeindehaus in Co.
kirchliche theaterleute.
alte Bücher,
treppen,
alte genies, versoffen bis es wieder
heller wurde.
so nimm denn meine hände.
mit den theaterleuten hat N sich gut
gefühlt.
gigantische kirchenruine
mit musiker.
lauter männer, zum teil männer, die
zusammenwohnten.

Traum

zuerst in der uni mit einer anerkannten
älteren lehrerin
und aufständischen studenten.
dann maschinengewehre und
polizisten.
die studenten wollten fliehen,
in die berge.
die polizisten hinterher in die berge.
und schluchten.
dann weiten sich die schluchten.
schönheit.
sonne.
dann ein montezuma-grabmal.
dann hütten von indianern.
die alte lehrerin in blau, die
studentinnen machten theater.
die studentinnen und N werden
bedroht.

in der schlucht fanden die polizisten
gold.

Traum

einen schönen schauspieler auf dem
kopf balanciert.
kräftige hände und füße.
geschwebt.
amerikanische musik.
N hat breite füße, wie die indianer und
die mittelalterlichen leute, die zu fuß
gegangen sind.
„lassen sie sich das nicht gefallen,
wenn jemand das beanstandet“, sagt
der schöne schauspieler.
um N herum elegante räume, elegante
menschen; sinatrasong.
N würde das gerne immer wieder
machen.
lustvoll.

Traum

N ist in einer christlichen, indischen
familie aufgenommen worden.
mit schweben.
blaue kleider, ultramarin.
in nepal.
eine sehr schöne inderin hatte sie
abgeholt, als sie aus dem bus stieg.
einer spricht das abendgebet.
mit lautsprecher, wie vom turm einer
moschee.
dann in den wald.
hohe stämme.
tanzen und schweben.
gespräch über die indogermanen.
ein priester hatte das abendgebet
gesprochen.

Traum

in afrika.
ein junge führt N durch das dorf.
strohhütten.
eine schöne frau im langen, roten
gewand.
sie lernen lesen und schreiben, aber
nicht gerne.
N hat mit dem jungen getanzt.

Traum

in afrika.
N mit dem motorrad eine lange straße
entlang durch die wüste gefahren.
dann in die savanne.
leicht gewellt.
da standen leute in bunten kleidern.
es waren keine schwarzen, sondern
leute aus Co.
bruni geholfen.
sie hatte jemanden, der sich für
einwanderer einsetzt.
sie hatte eine gaststätte an der straße.
irgendwas mit hexe, so hieß die
gaststätte.

Traum

da wollten welche in das alte haus und
es besetzen.
und haben sich dann ergeben
dank einer list der bewohner.
die einbrecher warfen von außen steine
gegen das fenster, die bewohner von
innen.
die einbrecher bekamen angst und
kamen in das haus, um sich zu
ergeben.
es war auch eine frau dabei,
elegant gekleidet mit langem kleid.

Traum

N hat saubergemacht im offiziersbüro
oder in der pilotenkanzel.
die antrazitfarbige auslegeware gewellt.
die herren saßen da mit
übergeschlagenen beinen und
unterhielten sich.
N fragte nach einem staubsauger.
einer stand auf und holte aus einer
klappe einen staubsauger.
mit handeule und schaufel ging es
nicht, mit dem staubsauger auch nicht,
er war zu klein.
überall wollmäuse.
N würde die arbeitszeit in ihr
arbeitsbuch schreiben, und auch die
zeit für das gespräch.
sie sollte so zwischen den füßen.
dunkelblau-rote uniformen.

geputzte stiefel.
und ob sie auch uniformen nähen oder ausbessern könnte, mit ein paar stichen.
nein, das könnte sie nicht.
johanna meint, das ist doch auch was zum lachen.

Traum

geborgen.

eine frau ist anders.
sie muß nicht so sein wie die anderen.
N hat sie lange beobachtet.
sie guckt nur nach innen.
sie stand da ganz lange.
große, kräftige frau.
mit langem rock.
sie sah gut aus.
afrolook, schwarze hose, weiße bluse.
verliebt.
wollte aber ihre eigenen sachen
machen.
sie trägt N.
und sagt: du hast ein ebenmäßiges
gesicht und dicke zähne.
N fühlte sich geborgen.

Traum

wer will mit mir kaffee trinken, sagt
Ginka.
sie kommt die treppe runter im schloß.

Traum

eine große Oper von wagner.
voll, frühling, draußen.
kühe, schafe, pferde.
N hat mitgespielt.
vorher im fernsehen.
kühe und pferde wie schemen.
kühe dunkelbraun.
pferde schwarz.
wie kulissen, im hintergrund.
schafe und kaninchen in bewegung.

Traum

schöne Nella.
mit einem gelben badeanzug.
und ein mann hinter ihr her. sie flieht.
sie schloß sich in ihren loft ein.
man könnte ja einen langen rock
überziehen und bluse, und auf das fest.

von **Sigrid Bernstein** bisher
bei Edition Fischer / R.G.Fischer Verlag erschienen:

Die Bombe stand am Himmel
Roman
2002
56 Seiten
Paperback
€ 9,90 (D)
ISBN 978-3-935895-28-6

Wer kommt als Nächstes dran?
Roman
2003
82 Seiten
Paperback
€ 9,90 (D)
ISBN 978-3-89950-003-5

Mit welchem Ludwig Lust?
Roman
2005
112 Seiten
Paperback
€ 9,80 (D)
ISBN 978-3-89950-088-2

von **Sigrid Bernstein** bisher
bei Edition Fischer / R.G.Fischer Verlag erschienen:

Nicht nachgedacht
Roman
2007
160 Seiten
Paperback
€ 12,90 (D)
ISBN 978-3-89950-254-1

Tagebuch –
Roman einer Zunge
2009
152 Seiten
Paperback
€ 9,80 (D)
ISBN 978-3-89950-470-5

Steinberge
Roman
2011
64 Seiten
Paperback
€ 9,80 (D)
ISBN 978-3-8301-9873-4

von **Sigrid Bernstein** bisher
bei Edition Fischer / R.G.Fischer Verlag erschienen:

GL Erntedankfest
Roman
2012
78 Seiten
Paperback
€ 9,80 (D)
ISBN 978-3-8301-9865-9

erzählzungen
Emmi, Novelle
Heidegötterabendrot, Roman
2013
96 Seiten
Paperback
€ 9,80 (D)
ISBN 978-3-86455-921-1

Auswahl weiterer Veröffentlichungen
von Sigrid Bernstein:

Zwei Beiträge in der Kollektion deutscher Erzähler, Band 4 und Ausgabe 2009. R. G. Fischer Verlag, Frankfurt 2005 und 2009

von **Sigrid Bernstein** bisher beim Venner Verlag / bei Edition Fischer / R.G.Fischer Verlag erschienen:

Glanz
Roman
2014
150 Seiten
Paperback
€ 9,80 (D)
ISBN 978-3-935411-18-9

Untergrundrauschen
Roman
2015
118 Seiten
Paperback
€ 10,80 (D)
ISBN 978-3-86455-860-3

Und dann ins Leben
4 Romane
2016
136 Seiten
Paperback
€ 11,90 (D)
ISBN 978-3-86455-818-4

von **Sigrid Bernstein** bisher beim Venner Verlag /
bei Edition Fischer / R.G.Fischer Verlag erschienen:

Ein Bilderbuch
Zeichnungen und Malerei
2017
248 Seiten
198 farbige Abbildungen
fadengebunden, Din A4
€ 29,80 (D)
ISBN 978-3-935411-20-2

glück probieren
fatertexte
Roman
2018
192 Seiten
Paperback
€ 12,80 (D)
ISBN 978-3-935411-21-9

Edelsteinbäume
Ein Traumbuch
2019
90 Seiten
Paperback
€ 9,90 (D)
ISBN 978-3-86455-725-5

von **Sigrid Bernstein** bisher beim Venner Verlag / bei Edition Fischer / R.G.Fischer Verlag erschienen:

Umstände
NEIN GESAGT
narrenschiff
Leg los
3 Romane
2020
136 Seiten
€ 9,80 (D)
ISBN 978-3-935411-22-6

auf antiken bühnen
Ein Traumbuch
Roman
2021
110 Seiten
Paperback
€ 9,80 (D)
ISBN 978-3-935411-23-3